Heller als Licht

Biblische Gedichte
von **Andreas Knapp**

Mit einem Essay
Kann man das Wort Gottes wörtlich nehmen?

echter

Adams Urschrei

Gott
wo bist du
hast du dich
aus dem Staub gemacht
vor lauter Scham
über deine Welt

war deine Schöpfung
die so missratene
dein Sündenfall
wer hat dich dazu verführt
und wo willst du dich verstecken
in deinem entlaubten Paradies

komm doch mit mir
deinem irdenen Adam
himmelweit weg von Eden
lass mich nicht allein
im Staub
der Sterblichkeit

schlangenbändigung

von der schlange beschworen
tanzen adam und eva
in ihr nacktes unglück

gebissen werden sie
selber giftig und vertreiben
sich gegenseitig aus eden

verfremden sich
unwohl in ihrer haut
eine nach der andern abgestreift

nur ein kinderspiel mit der natter
in neugeborener unschuld
erschließung des paradieses

Kain und Abel

beim ersten Mord
ein Schrei blutrot
zerreißt das All

einmal ist nicht keinmal
auch die Untat lässt sich nicht
ungeschehen machen

es braucht ein Kainmal
sind doch alle
des Schutzes bedürftig

die Opfer
und
die Täter

hagar am brunnen „el-roï" („der nach mir schaut")

im hochmut habe ich
auf andere herabgeschaut
jetzt kann ich keinem mehr
unter die augen treten

niemandsland
bin ich geworden
mein leben verläuft
spurlos im sand

wie gern würde ich sehen
dass mich jemand gern sieht
mein auge hält ausschau
nach einem gesicht

dein blick trifft ins schwarze
pupillen tiefer als brunnen
schenken ansehen
unerschöpflich

sara

lächerlich
dein greiser mann
statt kinder zählt er
sand und sterne

ausgelacht
von deiner leibeigenen
die ihren körper deinem gatten
empfangsbereit hingibt

lachhaft
das wort von guter hoffnung
aus dem mund der fremden
bringt doch keinen kindersegen

angelacht
von einem säugling
schlägt deine geburtsstunde
als mutter des glaubens

Opferung Isaaks

am Anfang stand
das sternhelle Staunen
ein Kind als Geschenk
auf Abrahams Schoß

wie schnell aber schleicht
Besitzgier in zärtlichste Gesten
Umarmung verkrampft sich
zur krallenden Fessel

sieh doch in Isaaks
flehendem Blick
das Antlitz des Engels
der Einhalt gebietet

wenn du dein Liebstes
ganz an dich bindest
ganz wieder loslässt
und immer so fort

bleibt es Geschenk

Esau und Jakob

zwei Seelen wohnen ach
unter Rebekkas Brust
im Ursprung entzweite
Zwillingsbrüder im Kampf
um den ersten Platz

Jakob im Schafspelz
jagt wölfisch nach dem Erbe
doch er muss auf und davon
die Flucht vor dem Bruder aber
ist immer Flucht vor sich selbst

beim Schäfchenzählen
fällt Jakob in der Fremde
leicht wie im Schlaf
das große Los zu

doch erst jenseits des Flusses
Esau wartet auf gleicher Augenhöhe
brüderlich von Hirte zu Hirte
jetzt sind Jakobs Schafe im Trocknen

fette und magere Kühe

das Wirtschaftswunder am Nil
wo Milch und Dollars fließen
unbegrenztes Wachstum
in sieben Fettstufen
Größenphantasien eines Pharao

doch nachts im Alptraum
holt die Wirklichkeit ihn ein
wer in blinder Gier die Milchkuh schlachtet
dem bleibt nur abgemagerte Natur
der Kapitalismus frisst sich selber auf

böses Erwachen in der Rezession
es braucht Haushaltung
wer denkt öko-logisch
und spannt den Rettungsschirm
über Mensch und Vieh

Energiewende

die Zeiger
meiner Brennstoffreserven
im roten Bereich
mir droht Burn-out
denn ich hänge am Tropf
externer Energiequellen
ich bin meine Funktion
ich bin meine Stellung
ich bin meine Leistung

du aber
göttlicher Dornbusch
brennst und
verbrennst doch nicht
regenerative Energie
fließt aus dem
ich bin
der ich bin
der ich bin

pessach – vorübergang

es gibt situationen
da wäre kämpfen vergeblich
es bleibt nur noch die flucht

die türbalken bluten schon
schnellimbiss im stehen
the last order
das sauer verdiente brot
hastig hinuntergewürgt
loslassen schmeckt bitter
du kannst nichts mitnehmen
als die eiserne reserve hoffnung
dass alles vorübergeht
selbst der tod

lob des exodus

du bist ägypten
der innere pharao
im thronsessel des überich
lässt pyramiden bauen
in diesen haust jedoch
die mumie tod

einen antreiber erschlagen
und im sand verscharren
nimmt dich noch mehr gefangen
deine geschichte verfolgt dich
bis in die blutrote flut
der alpträume

du musst den ausbruch wagen
auszug aus dir selbst heraus
diese nacht wird anders
als alle andern nächte
wenn du dich änderst
wirst du gelobtes land

zehn gebote

I. nur Du
bist Du

II. achte den namen
er sagt nicht etwas sondern jemanden

III. schenke dem andern und dir
einen tag gratis

IV. wie sollte man jenen nicht danken
denen man das leben verdankt

V. töte nicht
du kannst nichts wieder lebendig machen

VI. was menschen sich versprochen haben
ist heiliger boden

VII. wenn du von nichts besessen wirst
musst du nichts gewaltsam an dich reißen

VIII. bleibe bei der wahrheit
du wirst anderen und dir selbst ein wahrer freund

IX. die liebe der anderen zu achten
macht dich selber liebenswert

X. schiele nicht auf die nachbarn
im blick auf das deine werde zu frieden

die Bitte des Mose

es genügt ihm nicht
Unerhörtes
in Stein zu meißeln

er will auch sehen
dem Unsichtbaren
ins Angesicht

eines
aber nur
wird ihm gewährt

zu erlauschen wie
das Gewand des bloßen Gottes
unhörbar vorüberrauscht

manna

erst das fressen
dann die religion

irgendwann jedoch wird man
selbst des mannas überdrüssig
die gebratenen wachteln
bleiben im halse stecken

der stab der einst
im felsenmeer das wasser fand
schlägt als wünschelrute
sehnsuchtsvoll nach oben aus

in allen wüsten
nährt auf dauer
nur der hunger
nach gott

Tod des Mose

nach vierzig irrenden Jahren
das Zeitliche segnen

das Ziel im Blick
die Augen für immer schließen

auf wildfremder Erde
ins Paradies heimkehren

ohne den Genuss von Milch und Honig
den Löffel abgeben

diesseits des Flusses
über den Jordan gehen

auf dem Gipfel angekommen
das Grab schauen

unter Steinen bestattet
ruhe sanft

Rut

Wirtschaftsflüchtlinge
der Brotspur folgend
fluteten in deine Heimat
ins Grünland Moab
jenseits des Jordan

hast eingeheiratet
bei den Fremden
doch der Schnitter Tod
holte deinen Mann
inmitten blühender Felder

wirst Emigrantin
mit deiner Schwiegermutter
die es nach den Verlusten
zum Sterben wieder
heimwärts zieht

jetzt bist du Frau in der Fremde
lebst von den Krümeln
abgeernteter Felder
dort aber keimt
dir neues Glück

mit deiner Liebe
überspringst du Mauern
die große Entgrenzung
ein Pass überallhin
selbst über die Schwelle des Todes

kirchenschlaf

samuel schläft
schläft tiefen tempelschlaf
der priesterworte müde

inmitten von mitternacht
die rote lampe
leuchtet alarm

leiser einbruch
in den leerlauf
verwohnter gebetsmühlen

das große ohr der stille
rede samuel rede
dein herr hört

saul

macht macht angst
königsmäntel sind webwerk
fein gesponnen
das garn der intrigen

macht macht süchtig
wie eine klette klebst du fest
brauchst immer mehr
hast immer weniger davon

macht macht krank
der droge verfallen
wird dein charakter
sich schleichend verändern

macht macht neidisch
der dir die bösen träume vertreibt
wird selbst zum alptraum
der blonde schönling sticht dich aus

macht macht einsam
im kampf um den thron
wirst du deine freunde
und am ende dich selbst verlieren

Einsicht im Schatten

unter einen Busch gestrauchelt
im löchrigen Sonnenschutz
brennt die lichtempfindliche Haut
uralter Wunden

du wolltest nie werden
wie deine Väter und Lehrer
anders wolltest du es machen
besser natürlich

niedergedrückt vom eigenen Schatten
wird dir schwarz vor Augen
du kannst nicht weiter
so nicht

die Vergangenheit im Nacken
stell sie dir vor Augen
bis du vergeben kannst
deinen Vätern und dir selbst

in der heißen Asche deiner
verbrannten Illusionen aber
wird ein heiliges Brot gebacken
das dich nährt zu neuem Aufbruch

Elia in der Grotte

im Gehöhl
der Mutter Erde
infantile Regression
Angst vor dem Leben
du verkriechst dich vor
Erschütterung und Donnerwetter

in der Ruhe
nach dem Sturm
du ahnst den Atemhauch
ist da jemand
geh aus dir selbst heraus
draußen wartet das Leben

salomos tempel

vermessenes raumangebot
für den unfasslichen
flüsterhalle des unaussprechlichen

zerstörung ist
vorprogrammiert als
richtfest des gottesbildes

nur die leerstelle
nie zu besetzen
Sein thron

unterwegs mit raphael

geld gesundheit
glück der liebe
du ahnst des engels hand

bei deiner langen reise
in allem stets behütet
du spürst des engels flügel

im stimmenwirrwarr
das stimmige wort
du hörst des engels mund

doch wer im unglück noch
blind an gott sich hält
der sieht selbst dort den engel

Hiob

unter unbestirntem Nachthimmel
hin und her getrieben
von Irrlichtern des Schmerzes

die Knie aufgeschürft
vom vergeblichen Beten
Wundbrand des Zweifels

in schlaflosen Nächten
brüllst du den Himmel an
bleibst ihm keine Frage schuldig

Wortwechsel zwischen dir und ihm
werft ihr euch gegenseitig
Fragezeichen an den Kopf

am Ende aber
stellt er die letzte Frage
und keine Antwort mehr

psalm 8

mensch
herrscher der welt
wie gewaltig ist dein name
auf der ganzen erde
über den himmel breiten sich
die kondensstreifen aus
aus lautsprechern schaffst du dir eigenlob
aller weisheit zum trotz
das gotteslob aber muss verstummen
seh ich den himmel den du eroberst
die wolkenkratzer die du befestigst
wer ist gott dass wir noch an ihn dächten
der sohn gottes dass sich jemand für ihn interessierte
der aber hat sich geringer gemacht als der letzte mensch
und sich aller ehre entkrönt
hat sich als diener unter alle gestellt
und sich zu den füßen anderer hinabgebeugt
du gott bist ganz anders als alle herrscher
gewaltfrei mache dein name
die ganze erde

psalm 23

der herr ist mein navi
nichts werd' ich verfehlen
er führt mich durch grüne wellen
bis zum parkplatz im zentrum
er nimmt alle meine ziele an
und leitet mich verkehrsgerecht treu seinem namen
muss ich fahren durch finstere tunnel
ich fürchte keinen unfall
denn du bist bei mir
deine unbeirrbare stimme
gibt mir klarheit und zuversicht
du mahnst mich zur vorsicht
vor den augen der polizei
wenn der öldruck stimmt
und der tank reichlich gefüllt ist
fahre ich für mein leben gern
und im parkhaus darf ich
kostenlos bleiben
für lange zeit

psalm 104

lobe den Herrn meine Seele
wie herrlich hat er alles geschaffen
er lässt die Quellen hervorsprudeln in den Tälern
kein Trinkwasser aufgrund zu hoher Nitratbelastung
die Wildesel stillen ihren Durst daraus
der nubische Wildesel gilt als ausgerottet
in den Zedern des Libanon bauen die Vögel ihr Nest
der letzte Kaiserspecht starb 1956
in den Zypressen nistet der Storch
auf der Insel Mauritius rotteten holländische Siedler
  den Dodo aus
die hohen Berge gehören dem Steinbock
im Jahr 2000 wurde der Pyrenäen-Steinbock
  zum letzten Mal gesehen
dem Klippdachs bieten die Felsen Zuflucht
der Quagga starb 1936 aus
die jüngen Löwen brüllen nach Beute
schon lange sind keine Berberlöwen mehr
  in freier Wildbahn zu finden
im Meer ein Gewimmel ohne Zahl
die einzig verbliebene Karibische Mönchsrobbe
  verstarb im Zoo von New York
auch der Leviathan den du geformt hast
  um mit ihm zu spielen
der chinesische Flussdelfin wurde
  im Jahr 2002 ausgerottet
der Herr freue sich seiner Werke
doch wo sind sie geblieben

psalm 139

mein psychologe hat mich
analysiert und kennt mich
ob ich auf der couch sitze oder liege
er weiß von mir
und durchschaut all meine träume
mein arzt hat mich untersucht
und durchgecheckt
die röhre umschloss mich von allen seiten
röntgen und ultraschall
bringen mein innerstes ans licht
im mrt werden sichtbar
selbst meine gedanken
meine dna kunstvoll gewoben
ist im computer schon verzeichnet
meine gene getestet
wohin könnte ich fliehen
vor den webcams
in banken oder straßenbahn
wird alles aufgezeichnet

ER aber bleibt verborgen
zu schwierig sind für uns
SEINE gedanken
und auch ich
ein gedanke von IHM
bleibe geheimnis

großer Dankpsalm der Evolution

Lobet Gott
ihr Elemente
in den Glutöfen der Sternenschmelze
du bindungsfreudiger Kohlenstoff
Genius der Kombinationen

Lobet Gott
ihr Bausteine des Lebens
Aminosäuren in Ursuppen
und zündende Blitze
Hyperzyklus selbstorganisiert

Lobet Gott
ihr ersten Einzeller
teilungsmutig
mit Chlorophyll
begrünte Solarzellen

Lobet Gott
ihr sonnenhungrigen Pflanzen
Farne und Schachtelhalm
sanfte Gräser
und Mammutbaum

Lobet Gott
Polypen und Seestern
Archäopterix und Albatros
und alle missing links
zwischen Maus und Elefant

Lobet Gott
Neandertaler und homo erectus
homo sapiens sapiens
lobe Gott
und du wirst weise

hohes lied

schlaflose nächte
vor lauter sehnsucht
nach dir

schlafwandelnd
unter dem süchtigen mond
zu dir

schlaftrunken
atemlos wachgeküsst
von dir

schlaflose nächte
vor lauter nähe
mit dir

weisheit

die dinge sind
wie sie sind

wir menschen
sind erst im werden

und gott
noch anders als anders

Friedensvision

hoffentlich
wird es noch
vor dem Ende der Tage
geschehen

Stahlhelme werden
umgerüstet zu Kochtöpfen
und Missiles für das Silvesterfeuerwerk
das Wort Krieg wird zum
Unwort des Jahrtausends
Soldaten spielen
Mensch-ärgere-dich-nicht
während die Offiziere
Ölbäume pflegen
die Rüstungsbonzen
gehen am Bettelstab
und der Verteidigungsminister
züchtet nach seiner Umschulung
weiße Tauben

schöpfer der finsternis

*„ich erschaffe das dunkel ...
und bewirke das unheil“ (Jes 45,7)*

bist du der schmerzgriff
der mich inmitten zerreißt
bist du der auswrang
von schweiß und tränen
bist du der folterknecht
an der streckbank meiner sehnsucht
bist du der aufschreck
aus durchweinten kissen
bist du der dunkelmann
aller verzweiflungstat
bin ich das negativ
geschwärzt von deinem blendlicht

Jeremia

ein undankbarer Job
dem nackten König
den Spiegel vorhalten

ein unschöner Auftrag
die werten Kollegen
als Fälscher entlarven

ein unrentabler Kauf
Investment in den
besetzten Gebieten

eine unbeugsame Haltung
selbst vor dem Herrscher
niemals im Kriechgang

eine unglaubliche Hoffnung
der Untergang endet
in einem Anfang

Ezechiel

man kann ein Buch verschlingen
an der Schriftrolle kauen
an Worten würgen
Anweisungen schlucken
sie nur mühsam verdauen

der Menschen Wort
dreht uns manches Mal
den Magen um
das Wort Gottes aber
das verkehrte Herz

Jona

unzumutbar
ich soll predigen
einer unbekehrbaren Stadt
das passt mir nicht
lieber auf und davon
weit fort übers Meer
doch dann falle ich
einem Ungeheuer
in den offenen Rachen

eine Zumutung
mir wird gepredigt
von einem bekehrten Gott
das passt mir nicht
lieber auf Distanz
in einen Schmollwinkel
und falle dann doch
seiner Barmherzigkeit
in die offenen Arme

paradiesesbäume

der baum der erkenntnis
warum so richterhaft
in gut und böse alles scheiden
du sägst am eigenen ast
deiner noch unreifen früchte

der baum des lebens
warum so aufgebäumt
gegen den gärtner
völlig grundlos
entwurzelst du dich selbst

der baum des kreuzes
warum so blind
vor fremdem leid
gingen dir die augen auf
du wärst wie gott

lichtspiel

das licht der welt
erblickt das licht der welt
und lächelt augenzwinkernd
wie beim blick in einen spiegel
sich selbst freundlich zu

das licht der welt
erblickt die finsternis der welt
und diese hell erfreut
kennt sich selbst nicht wieder
strahlend vor glück

verkündigung

kein poltergeist
der mit der tür ins haus fällt
botschafter klopfen an
mit dem fingerspitzengefühl
allerhöchster diplomatie

kein engelsflügel
mit goldrand zu sehen
die botschaft so groß
dass der überbringer dahinter
völlig verschwindet

kein rauschen
von engelsschwingen
doch im überton des grußworts
eine aufweckmelodie
für neues leben

volkszählung

sieben milliarden menschen
jeder nur eine steuernummer
der regierung geht es um zahlen

millionen millionäre
der schein bestimmt
den wert des menschen

tausendfüßlerisch
im gleichschritt marschieren
die gelenkten massen

einmalig aber ich
so unwahrscheinlich
mein zustandekommen

unberechenbar
die lebenslinien
ungezählt die tränen

und unschätzbar das glück
handschriftlich von gott
signiert zu sein

herbergssuche

wir sind vertriebene von anfang an
den migrationshintergrund in den genen
irrend durch raum und zeit

wir die wohnmobilen
flüchten vor der gefühlten kälte
obdachlos noch in der herzkammer

wir im nachtasyl
der heimwehkranken
frostiges fremdeln vor uns selbst

einmal fanden
viehhüter und sternsucher
in einer notunterkunft ein kind

nahmen es auf den arm
spürten sein leises herzklopfen
an der tür zur menschlichkeit

hintereingang ins paradies
wenn es von innen klopft
dann öffne und tritt ein

unterwegs zum kind

eine junge frau
traut dem geflügelten wort
wird empfänglich für das unbegreifliche
mit den augen eines kindes

ein mann voller pläne
die im traum schon zerbrechen
verzichtet auf begreifen
vertrauensselig wie ein kind

hirten in nachtbereitschaft
melodie liegt in der luft
noch ergreifender
als ein lied aus kindertagen

himmelsgelehrte aus dem orient
tausend und eine nacht lang
greifen sie schon nach den sternen
knien ergriffen vor einem kind

Herodes

der auf hohem Thron
andere das Fürchten lehrt
im Innern selbst
von Furcht regiert

mit Blutschuld besudelt
erschrickt er
vor so viel Unschuld
eines Neugeborenen

der Palast aus Größenwahn
gerät ins Wanken
durch Säuglingsgeschrei
aus einem Bretterverschlag

die eiserne Faust
zittert angstverkrampft
vor einem zierlichen
Kinderhändchen

denn das Schwache
in der Welt hat Gott erwählt
um den Schein von Stärke
zu entlarven

Flucht nach Ägypten

das Licht der Welt
muss fliehen
vor Nacht und Nebel

nur kurz
die Atempause
auf der Flucht vor dem Tod

irgendwann holt er
auch dich ein doch
zu seinem eigenen Verderben

nazaret

im graubunten
galiläer allerlei
monotones hinundher
treppauftreppab
jahrausjahrein

das leben pulsiert im rhythmus
von hammer und säge
die hobelspäne der zeit
fallen auf den boden
der normalität

inmitten dieser symphonie
aus eintönigkeiten
völlig unspektakulär
das göttliche
präsent

frühreif

kaum zwölf jahre alt
und sitzt schon
zwischen den lehrstühlen
eines tages wird man ihm
deshalb den prozess machen

kindlich noch
fasziniert vom tempel
um jahre ernüchtert aber
greift er zum eisernen besen
und prophezeit den abriss

runde um runde
die reise nach jerusalem
am ende jedoch
bleibt kein stuhl für ihn
nur zwei ungehobelte balken

tauf-frisch

im spiegel des flusses
du und der himmel

wenn liebe spricht
öffnet sich das firmament

frieden fliegt dir zu
vogelfederleicht

und das kind in dir
plaudert vertraut mit gott

Petrus

eines müden Morgens
die gähnende Leere
plötzlich von einem Schwarm erfüllt
himmlisches Schlüsselerlebnis

an alte Berufserfahrung
anknüpfend
beginnt die Umschulung
zum Menschenfischer

als es brenzlig wird
legt er für den Freund
seine Hand doch lieber
nicht ins Feuer

heiße Tränen aber
am Ufer der Reue
erweichen den Felsen
zu einem lebendigen Stein

sterbend wird ihm die Welt
auf den Kopf gestellt
jetzt blickt er
in den offenen Himmel

weinprobe in kana

blutroter tafelwein
instantgereift in wasserkrügen
spätlese für fortgeschrittene feierstunden
ideal für hochzeitsfeste
und glaubenskurse
als messwein kirchenamtlich zugelassen
ein gefährliches gratisangebot
bei hohem alkoholgehalt der gäste
gnadenreines spitzenprodukt
vom wahren weinstock
jahrtausendtropfen
aus der winzergenossenschaft
abba & sohn e.G.

die Heilung des Gelähmten

der Glaube
deiner Freunde
ist erhebend

Hoffnung lässt
entdecken
ungeahnte Tiefe

Liebe heilt die Brüche
und macht die Trage
federbettleicht

zachäus

herunter vom feigenbaum
und den schlagbaum hoch
alle grenzen sind aufgehoben
zwischen gott und welt
kein checkpoint mehr
schranken fallen
zwischen du und du
es gibt nicht mehr
juden und römer

das zollbüro
wird umgewidmet
in ein gratisgasthaus
international
denn gottes gnade gibt sich
grenzüberschreitend

jünger werden

wer mein jünger sein will, der verleugne sich selbst
und folge mir nach

jugendlich trunken
meinte ich alles zu geben
und dir egal wohin
lässig zu folgen

alt und ernüchtert
möchte ich vor allem zugeben
egal wohin ich auch gestolpert bin
bist du mir unablässig nachgefolgt

betesda

stille wasser
heilen den tiefsten grund
deiner lähmung nicht

warte auch nicht
auf ein walle walle
im whirlpool der wunder

seine heilquelle
das aufsprudeln des innersten
gesprächsfluss hin und her

du springst auf
geysir himmelhoch
neuanfang aus göttlichem grund

auf tuchfühlung
... berührte von hinten sein gewand ...

im berühren berührt werden
durch die kleidung hindurch
heilender hautkontakt
heißer als der erste kuss

inmitten bedrängender menge
gilt dir der blick
der dich einmalig macht
du blutest nicht mehr aus
wirst endlich
rein du selbst

ungebet

niemanden im himmel
sollst du vater nennen
kein name für gott
von seinem reich keine spur
sollte es himmlischer wille sein
dass so viele auf erden
ohne das tägliche brot sind
unter schulden ersticken
von rache verfolgt
versuchungen ausgeliefert
vom bösen zerstört

sein ist kein reich
keine kraft
und keine herrlichkeit
in dieser zeit

zu all dem auch noch
amen sagen
irgendetwas sträubt sich
in mir

doch was

das kind in der mitte

in jahresringen
legt sich hartholz
um das innere kind

kein bildhauer
kommt mehr
auf die idee

freizulegen
was im groben klotz
noch stecken könnte

mit großen kinderaugen
sieht Er des menschen mitte
sein eigenes ebenbild

schatzsuche

hab mich im staub versteckt
im ackerlehm vergraben
mich wie tot gefühlt
vor lauter angst
nichts wert zu sein

gott jedoch
sucht mich als seinen schatz
schürft in der unterwelt nach mir
in seiner freude mich zu finden
gibt er sich selber preis

bartimäus

überlege es dir gut
ob du wirklich sehen willst
viel schreckliches kennst du
bislang nur vom hörensagen

willst du wirklich
fremdes leiden mit ansehen
und der ungerechtigkeit der welt
ins auge blicken

sehen will ich Herr
augenblicklich
dich anschauen
und mit dir im blick
fürchte ich nicht
alles zu sehen

das kissen im boot

sturm wirbelt
türmt die wogen
peitscht die see
alle stricke reißen
schiffe kentern
gnadenlos

du aber schläfst
im auge des orkans
mitten im seesturm
oben verankert
wiegst dich in gott
gebettet in gnade

die sonderbare brotverminderung

zwölf körbe
hätten eigentlich
ausreichen sollen
um alle satt zu machen
aber ein paar raffer
rissen alles an sich
und für die große
mehrheit der menschen
blieben am ende nur
fünf brote
und zwei fische

vertrauensvorschuss

vorratspolitik der alten
aus angst zu kurz zu kommen
jeder auf sein brot versessen

ein kleiner junge
der noch nicht rechnen kann
geht unbedarft umher und teilt

jetzt geben auch die andern ungezählt
es reicht für alle und es bleibt
vertrauensvorrat dutzendweise

die besten plätze

die menge
umdrängt dich
kinder werfen sich
in deine arme
eine frau berührt dich
sanft von hinten
maria sitzt
zu deinen füßen
johannes ruht
an deiner brust

die beiden plätze
zu deiner rechten
und linken
bleiben jedoch
zwei verbrechern
vorbehalten

tempelaustreibung

der tanz ums goldene kalb
mitten im allerheiligsten
sie wollen gott und dem mammon
zugleich dienen

mit heiligem zorn zerreißt
jesus jeden schein
der kassensturz zeigt
alle herzen sind leer

es gibt keinen kuhhandel
mit der gnade
gott wirkt keine
wirtschaftswunder

denn liebe ist
unverkäuflich
und gott gibt sich
gratis

bei lazarus

auch der unbehauste
hungert bisweilen
nach einem gedeckten tisch
mit kerzen auf sieben silbernen leuchtern

ohne voranmeldung
warten im gästezimmer
stets frische blumen
und duftende federn

nicht das feuer im kamin
vertreibt die kälte
es wärmt das gespräch
um das sich alle versammeln

beim tod des freundes
gefriert das blut in den adern der welt
sag doch wenigstens
noch einmal ein wort

zweierlei Rechenarten

Maria zerbricht
mit dem Leichtsinn einer Verliebten
das teure Gefäß
der Duft ist vergänglich
verschwendete Liebe
ein bleibender Schatz

Judas kalkuliert
mit der Skepsis eines Kassenwarts
den finanziellen Verlust
der Freund ist verkäuflich
berechnende Beziehung
entwertet sich selbst

abendmahl

im schweiße seines angesichts
essen wir sein brot
leibspeise in bruchstücken

todernst schenkt er uns
reinen wein ein
in ihm ist wahrheit

sein testament
alles für uns
mit seinem blut unterschrieben

andenken an
eine große liebe
gegen den gedächtnisschwund

grundlage
einer stiftung
für mehr leben

Eucharistiefeier einer Frau

an einem Abend
bevor Jesus ausgeliefert wurde
nahm Maria
das Gefäß mit Öl
zerbrach es
salbte seinen Leib
und sprach
das ist meine Liebe
vergossen für dich

und diese Geste
bleibt allen
die das Evangelium hören
für immer
im Gedächtnis

Lebenslauf

zwischen gespreizten Schenkeln
ein Kinderkopf blutgetauft
Geburtsschrei als Protest
gegen die Laufbahn zum Tod

am gekreuzten Balken
ein Menschengesicht blutgesalbt
Todesschrei als Ergebung
in das universale Sterben

beim weggerollten Stein
ein Leichentuch blutdurchwoben
Freudenschrei in der Grabeshöhle
und eine Spur vom Glanz neuer Geburt

osterspaziergang

in aussichtsloser nacht
ein totenlicht ans grab bringen

aufbruchstimmung am wegrand
es knospen die ersten kreuzblütler

wer aber wälzt
den stein vom herzen

der neue morgen öffnet mir
engelgleich die augen

bei licht besehen
ist das grab kein endlager mehr

überwältigt betrete ich
den aufwachraum ins unbegrenzte

fragen an maria von magdala

wo hast du ihn
zum ersten mal gesehen

er saß im morgenlicht
am see und sang ein lied

was hat er dir gesagt
als er dich sah

sei nicht traurig maria und spring
über die sieben schatten deiner vergangenheit

wo hast du ihn
zum letzten mal gesehen

er hing in schwarzer nacht
am kreuz verstummt

was würde er dir sagen
sähe er dich jetzt

sei nicht traurig maria und tanz
mit den sieben farben des lichtes

didymus

wenn du es bist
tritt durch die stahltür
die von angst gehärtete
in mein zitterndes innen

wenn du es bist
leg deinen finger
auf die fieberstirn
meiner zweifel

wenn du es bist
führ deine hand
an die herzschwäche
meiner liebe

wenn du es bist
du weißt was weh mir tut
inwendig kennst du mich
als wärst du mein

zwillingsbruder

auferstehung

du
mein leben

wir haben uns
doch einmal
so geliebt
warum willst du
mich verlassen
lass uns noch einmal
von vorn beginnen
ganz von vorn

und dann
für immer

osterfrühstück

so will ich auferweckt werden

das frühstück
ans grab gebracht
einen kaffee
der tote weckt
und brötchen die noch
nach abendmahl duften
angerichtet auf einem
weißen leinentuch
dann ein kuss
auf meine wunden
und ins ohr geflüstert
ein neuer name
liebkoseworte
unaufhörlich

aufstand

alle nicken nur
keiner macht den mund auf
sie schweigen wie ein grab
sagt denn keiner was
gegen den terror der mächtigen
den mauerbau schon wieder
den massenmord an tierarten
den tod allüberall

alle scheinen einverstanden
ER jedoch ist auferstanden

so stehe auch ich auf
gegen das tödliche schweigen
und wecke die eingenickten
dass sie haupt und wort erheben
zum kampf gegen den tod

Richtigstellung

gerichtet durch Pontius Pilatus
zugerichtet von Soldaten
hingerichtet zwischen zwei Verbrechern
aufgerichtet aus dem Grab
ausgerichtet auf das Rechtsein aller
eingerichtet ganz im Gottesraum
hergerichtet für das große Fest

pfingstwunder

alle reden
wirrwarr durcheinander
wildes kauderwelsch
ein einziges gebabel
keiner hört mehr zu

gottes geist jedoch
schafft stimmige stille
und im feuer des schweigens
ein verstehen springt über
das keine worte mehr braucht

Paulus

Mann von law and order
sattelfest und hoch zu Ross
die Reitpeitsche geschwungen
zur Dressur nach den
alten Paragraphen

dass Gott aber
gegen alle Regeln
einen Hingerichteten
aus dem Tod aufrichtet
wirft ihn vom Pferd

wenn Liebe es vermag
selbst das eherne Gesetz des Todes
außer Kraft zu setzen
dann bleibt als einziges Gesetz
die Gnade

Nachwort

der Herausgeber
des Schöpfungswerks
in sieben Bänden
hat das letzte Wort

der Urheber
fasst sich kurz
Ja und
Amen

Kann man das Wort Gottes wörtlich nehmen?

Wie kann man davon reden, dass Gott redet? Gott hat doch keinen Mund! Die Bibel verspottet die hölzernen Götzen, die einen Mund haben und diesen nicht aufkriegen (vgl. Ps 115,5). Der Gott Israels hingegen redet – aber wie? Nach dem Zeugnis der Bibel spricht er „direkt" zu Menschen, etwa zu Abraham oder Mose. Oder er hat ein Sprachrohr. Die Propheten reden im Namen Gottes und schicken ihrer Weisung voraus: „Spruch des Herrn". Die Überzeugung, dass Gott zum Menschen spricht, schlägt sich auch in der Tradition nieder, bestimmte Texte als „Wort Gottes" zu bezeichnen. Kann man das wörtlich nehmen?

Die Welt als Wort Gottes

Sprache ist Aus-druck eines Inneren. Der Mensch kann sich durch Worte, aber auch durch Gesten und Handlungen äußern. Ein Gefühl kann sich im Mienenspiel niederschlagen, in Stirnrunzeln, Lächeln oder Rot-Anlaufen. Künstler versuchen, ihren Ideen durch Farben und Formen Ausdruck zu verleihen.

Und warum sollte man nicht auch unsere Welt als Kunstwerk verstehen – als Ausdruck und Realisierung einer schöpferischen Idee? Jedenfalls haben Menschen aller Kulturen und Zeiten die Gesetze des Kosmos und die Vielfalt des Lebendigen bestaunt. Der Glaube, dass Welt und Mensch eine Kreation sind, lässt nach dem kreativen Prinzip fragen, dem sich alles verdankt. Aus der Wahrnehmung und Bewunderung für das große Kunstwerk schließt man auf den Künstler zurück: Was will *er* oder *sie* damit sagen?

Von hier aus ist es nicht mehr weit zur biblischen Vorstellung, dass Gott die Welt durch das Wort geschaffen hat: „Gott sprach: Es werde Licht. Und es wurde Licht" (Gen 1,3). Gott schafft expressis verbis. Er nennt die Dinge beim Namen und verleiht ihnen sprachschöpferisch ihr Dasein: „Ich will diese Welt."

Das Geschaffene erhält Eigenständigkeit. Wenn ein Bildhauer eine Statue, ein Standbild fertigt, so erhält dieses einen Eigenstand. Das Wort eines Menschen, das den Mund verlässt, entfaltet eine Art von „Eigenleben", das nicht immer im Sinn des Sprechenden verläuft. Wenn nun Gott die Welt durch sein Wort erschafft und in die Freiheit entlässt, so kann auch die Welt eine Eigendynamik entfalten, die nicht immer im Sinne Gottes ist.

Zugleich bleibt Gottes wortgewaltige Schöpfung an ihren Ursprung zurückgebunden. Hier liegt ein Unterschied zum menschlichen Schaffen: Wenn ein Maler sein Bild vollendet hat, so existiert dieses Bild auch unabhängig von seinem Meister. Die Schöpfung Gottes dagegen ist kein einmaliges factum am Anfang der Zeiten, etwa als Knopfdruck zur Zündung des Urknalls. Der ewige Gott steht außerhalb der Zeit – und das heißt: Er ist allen Momenten der kosmischen und irdischen Geschichte gleich nah. Gott macht also nicht am Anfang den Mund auf und ruft nach Licht, sondern die Existenz des Lichtes ist Ausdruck eines nie verstummenden Rufes Gottes: „Es werde Licht!" Würde Gott schweigen, so würde alles ins Nichts zurücksinken (vgl. Ps 28,1). Gottes kreatives Wort ist zugleich ein

Treueversprechen, durch welches die gesamte Welt ins Dasein gerufen *und* darin gehalten wird. Sein treuer Wille trägt die Existenz des Kosmos, die Geburt der Sterne, die Entstehung des Lebens, die Entwicklung der Arten, die Geschichte des Menschen. Gott hält allen Geschöpfen ewig die Treue (Ps 146,6).

Wenn Gott die Welt beständig ins Dasein spricht, dann können wir diese Schöpfung als „Wort Gottes" zu hören und zu interpretieren versuchen. Für den Glaubenden ist die Welt also nicht stumm, sondern hat etwas zu sagen. Die Welt wird als Buch Gottes verstanden, das der Mensch lesen kann. Dieses Buch erzählt von Gott, von seiner Größe, von seiner Weisheit, aber auch von seiner Unbegreiflichkeit. Sonne, Mond und Sterne sind keine nichtssagenden Himmelskörper, sondern sie haben einen Verkündigungsauftrag: „Die Himmel rühmen die Herrlichkeit Gottes, vom Werk seiner Hände kündet das Firmament" (Ps 19,2). Steine und Sterne sprechen durch ihr Dasein: „Froh leuchten die Sterne auf ihren Posten. Ruft Gott sie, so antworten sie: Hier sind wir. Sie leuchten mit Freude für ihren Schöpfer" (Bar 3,34f).

Der Mensch als Wort Gottes

Der Mensch ist für diese Botschaft ansprechbar. Denn er hat die Fähigkeit zu staunen. Er kann mit offenem Mund vor einem blühenden Baum stehen oder einem Sonnenuntergang nachträumen. Glaubende Menschen ahnen in der Faszination der Natur etwas Übernatürliches. Im Bewundern der Schöpfung erkennen sie das Wunder des Schöpfers. Eine herrliche Bergwelt erzählt von der Herrlichkeit des Höchsten.

Schließlich staunt der Mensch über sich selber: über seinen Körper, seine Gefühle, seine Fähigkeit zu denken, seine Begabungen ... In all dem spiegelt sich etwas vom schöpferischen Geist Gottes. Denn in jedem Kunstwerk findet sich die Spur des Künstlers: sein besonderer Stil, seine Vorlieben, seine Motive. Liegt es nicht nahe, in den besonderen Gaben des Menschen ein Spiegelbild seines Schöpfers zu erkennen? Der Mensch ist Ebenbild Gottes: In seiner Kreativität, in seiner Liebesfähigkeit und auch in seiner Sprachbegabung findet sich ein Widerhall des göttlichen Schöpfungswortes.

Wenn in der Bibel Gott einem Menschen einen Namen gibt, so schenkt er ihm damit zugleich seine Identität. In der Namensgebung durch Gott liegt ein Versprechen, das sich in der Geschichte dieses Menschen realisieren wird: „Abraham" wird „Vater der Menge", „Sara" eine „Herrin" (Gen 17,5; 15). Nicht nur die Herkunft und der Bestand von Welt und Mensch werden als Ausdruck von Gottes Wort verstanden, sondern auch die Geschichte. Der lange Weg Abrahams, der aus seiner Heimat fortzieht und nach einer neuen Bleibe sucht, wird als Gehorsam gegenüber der Weisung Gottes interpretiert.

Abraham, Isaak und Jakob erleben Gott als eine ihnen wohlgesonnene Macht, die sie auf ihren Wegen begleitet. Gott ist ein Unterwegs-Gott, der in Treue mitgeht. Seine Zusage lautet: „Ich bin, wo du bist." Gottes Sprechen hat vor allem die Qualität eines Versprechens. Das Sagen Gottes ist Zusage: Gott gibt Israel sein Wort und hält Wort. Die Beziehung zwischen Gott und Mensch wird als Bund, als Bündnis, als Allianz verstanden. Gott und Mensch versprechen sich gegenseitig Treue, die sich in der Geschichte bewähren muss.

Das Wort Gottes wird uns schriftlich gegeben

Gottes Wort als Versprechen wird in der Geschichte erfahrbar: der Weg Abrahams, der Auszug des Volkes Israel aus Ägypten, die Rückkehr der Verbannten aus dem Exil. Diese Geschichte wird in Geschichten erzählt und weitergegeben. Manches wird in orientalischer Manier ausgeschmückt oder in Variationen mehrfach erzählt. Weil diese Worte nun aber von Begegnungen mit Gott berichten, haben sie einen göttlichen Klang. Die Geschichten, die von Gottes Wirken handeln, werden schließlich selbst als Gottes Werk betrachtet. In anspruchsvollen Überlieferungen wird erfahrbar, dass Gott die Zuhörenden anspricht.

Irgendwann werden die mündlichen Erzählungen aufgeschrieben, die Worte der Propheten gesammelt und Einzeltexte in einen größeren Zusammenhang gestellt. So entsteht Buch für Buch das Buch der Bücher. „Bibel“ ist eigentlich ein Plural: Biblia ist ein Sammelband, ein „Buch aus Büchern“ (Martin Buber). In diese Bibliothek werden sehr unterschiedliche Schriften aufgenommen: Erzählungen, mythische Texte, Dichtung, prophetische Mahn- und Trostworte, Gebete, Liebeslieder, geschichtliche Berichte.

Welche Texte werden ausgewählt? Auch dieser Prozess geschieht in einem langen Hin und Her, bis sich bestimmte Bücher immer mehr als „biblisch“ herauskristallisieren. Wenn sich nämlich in ihnen die Glaubenserfahrung des Volkes wiederfindet, so dass man sagen kann: „Das ist es, was wir glauben! In diesen Büchern schlägt sich nieder, was wir seit Menschengedenken erlebt haben und weitergeben.“ Dieses Gesamt, in dem die verschiedensten menschlichen Erfahrungen und Situationen versammelt sind, wird als „Wort Gottes“ verstanden. Denn in dieser Sammlung verdichtet sich ja die Geschichte von Gottes Treue: Der Mensch verdankt sich der schöpferischen Kraft Gottes. Und in der Geschichte des Volkes Israel wird Gottes Treue sichtbar, die sich als Segen auf alle Menschen ausweitet.

Das Wort ist Fleisch geworden

Für die ersten Christen ist das Versprechen Gottes in einer konkreten Person geschichtlich greifbar geworden. Gott hat den Menschen in Jesus sein Wort gegeben, und zwar im wörtlichen Sinn: Das Treueversprechen Gottes ist Fleisch geworden und hat ein Gesicht bekommen. Und dieses Wort der Liebe und Treue Gottes zu seiner Schöpfung und zu allen Menschen gilt für immer. Die Jüngerinnen und Jünger Jesu waren Zeugen dieser unglaublichen Güte, die den Tod ausgehalten und sich über den Tod hinaus durchgehalten hat. Wer das erfährt, muss davon erzählen: „Wir können unmöglich schweigen über das, was wir gesehen und gehört haben“ (Apg 4,20). Entsprechend reden und predigen die Zeugen Jesu. Dass sie dazu befähigt sind, erleben sie als eine besondere Begabung, als Gabe des „Heiligen Geistes“. Auch die Erzählungen vom Leben Jesu und vor allem von seinem Sterben und Auferstehen werden mit der Zeit aufgezeichnet. Bestimmte Texte gewinnen dabei eine immer größere Bedeutung für die junge Kirche. Sie werden zur Grundlage für das tägliche Leben, für das Beten und Feiern und für das Engagement im Namen Jesu. In ihnen sieht die Kirche die befreiende Erfahrung mit Jesus Christus glaubwürdig überliefert. Das Lukas-Evangelium beginnt folgendermaßen: „Schon viele haben es unternommen, einen Bericht über all das abzufassen, was sich unter uns ereignet und erfüllt hat. Dabei hielten sie sich an die Überlieferung derer, die von Anfang an Augenzeugen und Diener des Wortes (= Jesus) waren. Nun habe auch ich mich entschlossen, allem von Grund auf sorgfältig nachzugehen, um es für dich, hochverehrter Theophilus, der Reihe nach aufzuschreiben. So kannst du dich von der Zuverlässigkeit der Lehre überzeugen, in der du unterwiesen wurdest" (Lk 1,1–4). Es sind also Menschen, die ihre Erfahrungen mit Gott aufschreiben. Es handelt sich um „Gottes Wort im Menschenwort".

Hier wird auch deutlich, dass sich die verschiedenen Zeugen der Person Jesu mit ganz unterschiedlichen Perspektiven nähern. Das Neue Testament weist ausdrücklich darauf hin, dass der Reichtum der Erfahrungen mit Jesus durch die verschiedenen Schriften nicht ausgeschöpft werden kann. Eine menschliche Person ist immer reicher als deren Be-Schreibung. Daraus folgt auch, dass es nicht um das Festhalten eines Textes geht. Die Worte haben die Funktion, Menschen mit Jesus als *dem* Wort Gottes in Beziehung zu bringen.

Das sogenannte Alte Testament wird durch Jesus Christus nicht überflüssig. Zum einen hat die hebräische Bibel einen Wert in sich: Sie ist das gültige Glaubenszeugnis des Volkes Israel und damit die Heilige Schrift des Judentums. Zum anderen hat das Alte Testament auch innerhalb des Christentums einen unverlierbaren Wert. Es ist die bleibende Goldgrundierung, auf welche die Ikone Jesu Christi gemalt und in ihrer Göttlichkeit erkennbar wird. Denn Jesus war Jude und die hebräische Bibel war seine Heilige Schrift. Ohne die hebräische Bibel und ihre Messiaserwartung

kann Jesus nicht angemessen verstanden werden. Umgekehrt beginnen die Christen im Licht der Auferstehung Jesu, das Alte Testament neu zu lesen. Weil sie Jesus als *das Wort* Gottes erfahren haben, das ausgesprochen menschlich wurde, wird er zum ultimativen Kriterium, die Bibel zu lesen und zu verstehen.
Weil Gott in ihm echt Mensch geworden ist, wird er zum Echtheitskriterium für die Mosaiksteine, aus denen sich das Gottesbild zusammensetzt. Manche Worte aus dem Alten Testament passen nicht in das Gottesbild, für das Jesus steht: dass Gott ohne Wenn und Aber gut ist und für das Leben aller einsteht.

Die Autoren des Neuen Testamentes gehen deshalb mit der hebräischen Bibel kritisch (von griech. krinein = unterscheiden) um. Sie wählen aus dem Alten Testament gezielt solche Verse aus, die sie in ihrer Erfahrung mit Jesus Christus bestätigt sehen. Ein vielsagendes Beispiel dafür ist, wie der Evangelist Lukas von der programmatischen Antrittsrede in Nazaret berichtet (Lk 4,16–20). Er lässt Jesus aus der hebräischen Bibel zitieren: Gott „hat mich gesandt, damit ich den Armen eine gute Nachricht bringe; damit ich den Gefangenen die Entlassung verkünde und den Blinden das Augenlicht; damit ich die Zerschlagenen in Freiheit setze und ein Gnadenjahr des Herrn ausrufe“. Dann unterbricht Jesus die Lesung mitten im Satz und schlägt das Buch zu. Was er nicht vorlesen wollte, war die Rede vom „Tag der Vergeltung Gottes“!

Die Bibel ist WORTwörtlich zu lesen

In Jesus Christus ist die Güte und Menschenliebe Gottes erschienen (Tit 3,4). In ihm ist Gottes Wesen,

Gottes innerste Wahrheit präsent. Und darum ist er das WORT: Das, was Gott sagt, das ist er auch. Wenn Gott spricht, so ist er absolut wahr und authentisch. Gott gibt nicht etwas vor, hinter dem er nicht steht. Vielmehr gilt: Wenn er sein Wort gibt, dann gibt er sich selber. In Jesus hat Gott nicht etwas gesagt, sondern *sich selber* ganz und gar zum Ausdruck gebracht. Daher ist Jesus Christus auch keine Vokabel (unter anderen), sondern eben das Wort in Person.

Die Worte des Alten Testaments werden von Christen im Blick auf dieses eine WORT gelesen: Die Person Jesu, sein Gottesbild und sein konkretes Handeln sind der Prüfstein, um in menschlichen Worten den göttlichen Goldgehalt festzustellen. Dasselbe gilt für alle anderen religiösen Traditionen – denn jedes Volk und jede Kultur haben ihr eigenes „Altes Testament". Alle religiösen Überlieferungen der verschiedenen Kulturen finden in dem einen WORT ihren Maßstab und ihre Erfüllung.

Einzelne Texte oder Verse der Bibel müssen im Kontext dieser Grundüberzeugung gelesen und interpretiert werden. „Irrtumsfrei" sind diese Schriften nicht in ihrem wortwörtlichen Sinn. Ihr untrüglicher Sinn besteht darin, dass sie Gott als einen Gott der Liebe zeigen und mit ihm in Beziehung bringen. Die Worte der Bibel werden nur dann richtig gelesen, wenn sie als Ausdruck der göttlichen Liebe verstanden werden – und Menschen zur Liebe inspirieren. Im Buch der Offenbarung heißt es: Nur das Lamm (= Christus als wehrlose Liebe) kann die Siegel des Buches öffnen (vgl. Apk 5,9).

Einzelne Aussagen, die nicht in die Linie dieser Gesamtrichtung passen, werden dem Ganzen nicht gerecht. Isolierte Sätze oder Passagen sind immer nur

„relativ“ Wort Gottes, nämlich in Relation, in Beziehung auf das Gesamt. Werden einzelne Sätze oder Worte aus dem Gesamt gerissen und absolut (= losgelöst) gesetzt, sind sie nicht mehr als „Wort Gottes“ qualifiziert.

Die Bibel wurde in einem bestimmten geschichtlichen Kontext formuliert und trägt die Spuren des damaligen Weltbildes. Zudem ist das Sprachspiel der Bibel meist erzählerisch und poetisch. Die biblische Poesie mit naturwissenschaftlichen Theorien zu vergleichen wäre so vermessen, wie einen Liebesbrief, der an „mein Täubchen“ gerichtet ist, als biologischen Irrtum zu disqualifizieren. Wenn es also beispielsweise um Fragen der Kosmologie oder der Evolutionstheorie geht, so sind Argumente, die sich auf die Bibel berufen, fehl am Platz. Schon Augustinus schreibt, dass Gott mit der Heiligen Schrift nicht über den Verlauf von Sonne, Mond und Sternen informieren will. „Christen wollte Gott machen, nicht Astronomen.“ Dieser katholischen Tradition treu, formulierte Galileo Galilei: „Die Bibel lehrt uns, wie wir in den Himmel kommen – und nicht wie er sich dreht.“

Fundamentalistische Strömungen halten die von den Zeugen Jesu verfassten Werke für wortwörtlich eingetrichterte Offenbarung. Für sie hat der Heilige Geist die Rolle eines Ghostwriters, der die biblischen Autoren zu bloßen Schreibwerkzeugen degradiert. Wenn die Bibel als Diktat verstanden wird, kann es leicht zu einer Diktatur der Worte kommen. Doch das Christentum ist keine Buchreligion, die – wie der Islam – an ein von Gott wörtlich diktiertes Buch glaubt. Im Islam sind Gott und sein Wort (der Koran) absolut, d. h. unabänderlich und zeitlos. So kann der Koran theoretisch auch keiner Entwicklung unterliegen. Dementsprechend begründet im Islam der Text die Gemeinschaft. Im Judentum und

Christentum ist es umgekehrt: Die Glaubensgemeinschaft – das Volk Israel bzw. die Kirche – versteht sich als geschichtlicher Ursprungsort der Schrift. Und diese Gemeinschaft ist daher auch befugt, ihre in der Bibel verdichteten Erfahrungen in neuen geschichtlichen Kontexten zu lesen und fortzuschreiben.

Die Bibel ist insofern vom Geist Gottes „inspiriert“, als der ursprüngliche Geistesblitz einer Gotteserfahrung auch heute noch zünden kann. Das damals Erfahrene kann auch hier und jetzt berühren und verändern. Wenn Gott allen Momenten der menschlichen Geschichte gleich nahe ist, so kann sich die Begegnung mit dem auferstandenen Christus zu jeder Zeit ereignen – über das Medium der Worte, die von einer solchen Begegnung Zeugnis geben. Nicht die Worte als solche sind „inspiriert“: Der Buchstabe ist tot und nützt nichts. Der Heilige Geist hat es nicht auf Schrift-Typen abgesehen. Er will Menschen inspirieren und lebendig machen. Und wenn durch die Heilige Schrift irgendein Typ angesprochen wird, dann geschieht dies durch das Wirken des Heiligen Geistes.

INHALT

(in Klammern: Schriftstelle, auf die sich das Gedicht bezieht)

Einige der hier abgedruckten Gedichte wurden bereits veröffentlicht in der Zeitschrift „Christ in der Gegenwart" bzw. in „Mitten in der Welt" (Zeitschrift der Gemeinschaften Charles de Foucauld). Das Gedicht „ungebet" ist erstmals erschienen in: B. Sill/R. Kürzinger (Hg.), Vaterunser, EOS St. Ottilien 2011, 169; das Gedicht „fette und magere Kühe" in: Andreas Leinhäupl (Hg.), Die Josefsgeschichte, Stuttgart 2013, 48.

Andreas Knapp, geboren 1958, Priester; nach der Promotion in der Hochschulseelsorge und Priesterausbildung in Freiburg tätig; seit 2000 Mitglied der Ordensgemeinschaft der „Kleinen Brüder vom Evangelium"; lebt derzeit in Leipzig.

Von Andreas Knapp sind im Echter Verlag erschienen:

Weiter als der Horizont. Gedichte über alles hinaus 9. Auflage)
Brennender als Feuer. Geistliche Gedichte (9. Auflage)
Tiefer als das Meer. Gedichte zum Glauben (6. Auflage)
Gedichte auf Leben und Tod (5. Auflage)
Höher als der Himmel. Göttliche Gedichte (5. Auflage)
Ausblick ins Unendliche (mit Fotos von Barbara Wolfers)
Und er sucht Platz unter uns (Farbbilder von Trygve Skogrand)
Mit Engeln und Eseln. Weise Weihnachtsgeschichten (5. Auflage)
Hörbuch *Mit Engeln und Eseln. Weise Weihnachtsgeschichten*
Beim Anblick eines Grashalms. Naturgedichte (2. Auflage)
Das Ende vom Ende. Geschichten gegen den Tod
Vom Segen der Zerbrechlichkeit. Grundworte der Eucharistie
ganz knapp. Gedichte an der Schwelle zu Gott

Bibliografische Information der Deutschen Nationalbibliothek

Die Deutsche Nationalbibliothek verzeichnet diese Publikation in der Deutschen Nationalbibliografie; detaillierte bibliografische Daten sind im Internet über http://dnb.d-nb.de abrufbar.

5. Auflage 2021

www.echter.de
Umschlag und Satz: Peter Hellmund
Druck und Bindung: CPI books - Clausen & Bosse, Leck
ISBN 978-3-429-03736-9